I0564925

LES LIONS ET LES LIONNES

DE

LA FABLE

POÈME MYTHOLOGIQUE,

SUIVI D'AUTRES POÉSIES,

PAR

ALEXANDRE TARDIF.

Prix : 1 fr. 50 cent.

PARIS,

LIBRAIRIE DE DAUVIN ET FONTAINE,

Passage des Panoramas, 35, et galerie de la Bourse, 1.

1846

LES LIONS ET LES LIONNES

DU MÊME AUTEUR :

LES BEAUX JOURS DE L'EMPEREUR,

poëme historique.

Paris. — Typ. Schneider et Langrand, rue d'Erfurth, 1.

LES LIONS ET LES LIONNES

DE

LA FABLE

POÈME MYTHOLOGIQUE,

SUIVI D'AUTRES POÉSIES,

PAR

ALEXANDRE TARDIF.

————❦————

PARIS,

LIBRAIRIE DE DAUVIN ET FONTAINE,

Passage des Panoramas, 35, et galerie de la Bourse, 1.

—

1846

A Madame ***.

J'ai tracé pour toi ces tableaux

Qui te disposent à la Fable ;

Peindre un sentiment véritable

Aurait mieux guidé mes pinceaux.

LES LIONS ET LES LIONNES

DE LA FABLE.

———

I

ACHILLE.

Achille était le fils du roi Pelée
Et de Thétis [1], de mille attraits comblée,
Sa mère, afin de le rendre un phénix, ..
Avait voulu le plonger dans le Styx [2].

Mais le talon demeurait vulnérable.

Près de Chiron, centaure vénérable,

L'enfant grandit, se nourrissant toujours

Avec la moelle et de tigres et d'ours.

D'après Calchas [3], il devait devant Troie

Perdre la vie, et sans lui, nulle proie

De cette ville importante ; à Scyros,

Un vêtement féminin du héros

A fait Pyrrha pour le roi Lycomède ;

Déidamie [4] en princesse lui cède,

Et Pyrrhus naît de leur hymen secret.

Lorsqu'aux combats le peuple grec est prêt,

Calchas découvre en quels lieux est Achille.

Faux commerçant, Ulysse [5], en homme habile,

Chez Lycomède, aux dames de la cour

Porte bijoux, armes... Quand vient son tour,

Achille prend les armes ; quelle joie !

Quel général pour le siège de Troie !

C'est de la Grèce aisément le héros ;

Ses ennemis n'avaient plus de repos

Pendant le siége , Agamemnon [6] enlève
Une captive , et notre Achille endève ;
Il se retire en sa tente où son bras
Ne s'arme plus pour d'illustres combats.
Durant ce temps , aux Troyens l'avantage ;
Mais meurt Patrocle [7]... Achille, dans sa rage,
Tuait Hector [8], pour son char triste poids
Qu'autour des murs il traînait par trois fois,
Puis qu'il offrait au père tout en larmes...
De Polyxène [9] ensuite aimant les charmes,
Il la demande en légitimes nœuds ;
Le héros touche au moment d'être heureux ,
Lorsque Pâris [10] lui fait une blessure,
Juste au talon, et sa mort en est sûre.

II

APOLLON.

De Jupiter [11] et Latone [12] il est fils.
Phœbus au ciel, Apollon est acquis
A notre terre; aux beaux-arts il préside,
Et la musique est sous sa digne égide ;

La médecine et les vers ont leur dieu.
En dirigeant des neuf Muses [13] le feu,
Il habita, comme elles, le Parnasse [14],
Puis l'Hélicon [15] où le Permesse [16] passe;
Là, le cheval Pégase s'engraissait,
Et sous ses pieds l'Hippocrène [17] coulait.
Chassé du ciel, par vengeance du maître,
Auprès d'Admète [18] il se fit mal connaître,
En surveillant ses troupeaux qu'il perdit,
Avec les tours que Mercure [19] lui fit.
En essayant alors d'autres rubriques,
Comme Neptune [20], il veut faire des briques,
Pour être utile au roi Laomédon;
Mais ce Phrygien se conduit en fripon
Quand le déluge eut passé sur la terre,
Phœbus rendit un service exemplaire :
Il est vainqueur de Python le serpent
Dont on souffrait comme d'un chenapan.
L'Amour le place au rang de ses apôtres;
Leucothoé, Daphné, Clytie et d'autres

Furent objets de ses plus tendres vœux...
Et d'Apollon furent créés les jeux.

III

BACCHUS.

A Jupiter, à Sémélé [21] la belle,
Bacchus a dû sa vie assez cruelle;
Junon [22], toujours jalouse au fond du cœur,
Pour se venger de son époux moqueur,

2

A Sémélé conseille, en sa grossesse,
De demander à Jupin qu'il paraisse
Avec sa gloire, et le fait est osé...
Mais accompli, tout se trouve embrasé;
La Sémélé succombe dans les flammes.
Pour que l'enfant échappe à d'autres trames,
Jupiter place en sa cuisse Bacchus,
Et les neuf mois ne tourmenteront plus.
Quand s'accomplit le temps de sa naissance,
Sa tante Ino prend soin de son enfance.
Bacchus grandi des Indes est vainqueur,
Puis en Égypte il est agriculteur;
Là, le premier il sait planter la vigne,
Et dieu du vin son honneur est insigne.
Penthée [23] avait un supplice assez grand,
Quand son hommage était récalcitrant;
Ses ennemis sentirent sa vaillance,
Et de Junon adieu donc la vengeance!

IV

CÉRÈS.

Saturne [24] avec Cybèle a fait Cérès
Qui de Bacchus imita les bienfaits,
En enseignant aux gens l'agriculture.
Pluton [25] ayant opéré la capture

De Proserpine , une fille , elle alla
De deux flambeaux illuminer l'Etna [26],
Pour la chercher dans l'obscurité même.
Lorsqu'elle vint chez un roi Triptolême ,
Elle voulut élever Déiphon ,
Son fils , avec son lait pour sa boisson.
En le passant dans un feu non vulgaire ,
Elle en faisait un immortel ; la mère ,
D'un tel spectacle alarmée , en ses cris ,
Troubla le fait par Cérès entrepris.
Cérès au feu laisse donc le novice ,
Et va partout réclamant un service :
Qui l'instruira sur Proserpine ? Enfin ,
Par Aréthuse [27] elle apprend son destin :
Sa fille fut par Pluton enlevée.
Dans les enfers la mère est arrivée ;
Mais Proserpine , éprise de Pluton ,
Veut près de lui rester avec raison.
Alors Cérès à Jupiter s'adresse ;
Le dieu prononce avec beaucoup d'adresse

Que Proserpine avec sa mère ira ,

Pendant six mois, et qu'elle passera

Six autres mois auprès de son cher homme...

Et de bonheur suffisante est la somme.

V

DIANE.

Sœur d'Apollon, déesse des chasseurs,
Au Styx Hécate, elle est la Lune ailleurs.
Diane prit sous sa touchante égide
La chasteté... qui la rend si rigide.

Qu'en cerf un jour Actéon [28] est changé,
Pour un regard en indiscret plongé.
Il lui fallait des nymphes dignes d'elle :
Pour Calisto [29] son âme fut cruelle,
Quand Jupiter allait par là rôder ;
Pourtant Diane aurait pu s'amender :
On la disait d'Endymion [30] éprise,
Et quelquefois, quand la nuit était prise,
Elle quittait le ciel pour visiter
Le pâtre heureux qui l'avait su dompter...
Si ce n'étaient pas là des médisances,
Elle sauvait du moins les apparences.

VI

ÉNÉE.

Anchise [31] obtint Vénus [32] secrètement,
Énée était ainsi leur bel enfant ;
Lorsque les Grecs pénétrèrent dans Troie ,
Il se battit dans la ville avec joie ;

Puis, pressentant de périlleux fardeaux,

Il mit son père et ses dieux sur son dos,

Par une main tenant son fils Ascagne ;

D'Ida bientôt gagnée est la montagne,

Avec tous ceux qu'il a pu réunir.

C'était alors qu'il lui fallait souffrir

La perte, hélas ! d'une femme fidèle....

Une autre aurait eu moins de malheur qu'elle.

Sa flotte ensuite en Épire passa,

Et lorsqu'enfin la tempête cessa,

Il parcourut Carthage, cette ville

Où n'était pas Didon, malgré Virgile [33].

Dans la Sicile, Anchise décédé,

Reçut d'Énée un touchant procédé :

Il en obtint un convoi magnifique,

Première classe. Après une panique,

Sa flotte arrive en Italie, et là

Par la Sibylle Énée instruit, alla

Jusqu'aux enfers, portant à Proserpine

Un rameau d'or, une offrande divine.

Il aperçoit bon nombre de Troyens
Avec son père, aux champs Élysiens ;
Il sait par lui toute sa destinée,
Et celle aux siens dans l'avenir donnée.
Hors des enfers, du Tibre sur les bords,
Avec Turnus [34] il luttera d'efforts
Pour devenir l'époux de Lavinie [35]...
Et des Romains naîtra la colonie.

VII

HÉLÈNE.

Beauté princière et cause de malheurs !
D'hymen voulant connaître les douceurs,
Elle choisit Ménélas, roi de Sparte,
Et des devoirs d'épouse elle s'écarte ;

Avec Thésée [36] Hélène disparaît,
Et puis revient, quand il est satisfait ;
Alors Pâris la choisit pour sa proie,
Et la conduit, en l'enlevant, à Troie.
La Grèce entière ainsi se souleva,
Et de dix ans la guerre s'éleva.
Pâris défunt, Hélène a forte envie
De Déiphobe, un frère, et sacrifie
Cet autre époux pour plaire à Ménélas
Qui lui pardonne aisément ses faux pas,
Il l'aime tant !... Et triomphante, Hélène
Voit Sparte encor la saluer en reine.

VIII

HERCULE.

De Jupiter et d'Alcmène [37] il est fils.
Pour être heureux, Jupiter avait pris
D'Amphitryon l'exacte ressemblance,
Quand ce mari prodiguait sa vaillance.

3

Junon, pour mieux se venger de Jupin,
Voulut d'Hercule abaisser le destin ;
Contre lui donc suscitant Eurysthée,
Son frère, ainsi sa vie est arrêtée :
Il lui faudra terminer des travaux
Où l'on succombe, et voilà qu'en héros,
De deux serpents il triomphe, en bas âge ;
Il tue après l'hydre, monstre sauvage,
La biche avec cornes d'or, pieds d'airain,
Et de Némée [38] un lion incertain ;
De ses méfaits il punit Diomède [39] ;
En Arcadie un sanglier lui cède ;
Sa flèche abat nombre d'oiseaux hideux ;
Il dompte en Crète un taureau furieux ;
D'Achéloüs [40] la corne est emportée,
Et dans ses bras meurt le géant Anthée ;
Après la mort du dragon, le gardien
Des pommes d'or des Hespérides [41], rien !
Hercule aidant, Atlas [42] enfin respire ;
Plus d'un brigand sous son courage expire ;

Plus de centaure et d'étables d'Augias [13] !
Il ne faut point trembler pour tes appas,
Belle Hésione [14], Hercule te délivre
Du monstre affreux que ton supplice enivre !
De l'amazone il est encor vainqueur,
Puis il descend aux enfers sans terreur,
Pour ramener Alceste [15] auprès d'Admète ;
De Prométhée [16] aussi la mort s'arrête ;
Avec deux monts que sépara sa main,
Il a livré par un nouveau chemin
A l'Océan la Méditerranée ;
Croyant du monde ainsi la fin donnée,
Il éleva deux colonnes, avec
L'inscription *non ultra* mise en grec.
Riche d'exploits, il adorait Omphale [17],
Et s'habillait, pour lui plaire, en vestale,
Même filait avec elle ; il s'éprit
D'Iole [18] ensuite, et bientôt en souffrit :
A ses devoirs pour qu'il se rende encore,
Sa femme veut la robe d'un centaure,

Mise aussitôt, Hercule entre en fureur,
Et d'un bûcher en recherchant l'ardeur,
Quand Philoctète [19] avec chaleur réclame,
Hercule meurt au milieu de la flamme.

IX

JUNON.

Déesse, elle est de plus reine des dieux.
Quand Jupiter en devient amoureux,
En un coucou le maître se transforme;
Mais reconnu, l'hymen, en bonne forme,

5*

Seul de Junon le rend triomphateur.

Dans ces liens il fut peu de douceur :

Madame n'a que triste jalousie,

Et la vengeance est l'âme de sa vie.

Trouvant Monsieur insensible à ses maux,

Pour sa retraite elle choisit Samos [50].

Voulant un jour que sa femme revienne,

Jupin prétend que sur un char se tienne,

Richement mise, une statue en bois,

C'est sa future, a-t-on dit ; à ce choix,

Junon déjà court briser la statue ;

Puis, quand la ruse est par elle connue,

Sa gaîté vient ; un raccommodement

Avec l'époux fait naître un doux moment...

Dans son orgueil elle était détestable ;

Pâris pour elle était impardonnable

Dans son refus du prix de la beauté,

Et les Troyens après l'ont supporté.

Ayant appris que Jupiter sans elle

Était doté d'une fille nouvelle,

Qu'il l'avait fait sortir de son cerveau,
Pour se venger d'un genre aussi nouveau,
A Mars Junon a donné la naissance,
Sans d'aucun mâle avoir fait connaissance.

X

JUPITER.

C'est de Saturne et de Rhée un enfant.
Le Temps avait, Rhée à peine accouchant,
De dévorer ses mâles toute hâte ;
Pour éviter pareille disparate,

Rhée à Saturne offrit certain moellon
. Qu'il avala sans beaucoup de façon.
Elle porta Jupin aux Corybantes [51]
Qui rendaient sourd, par leurs danses bruyantes,
Aux cris poussés par le nouvel enfant.
Il vit de lait, et sitôt qu'il est grand,
Plus de secret pour lui de sa naissance ;
Du fait aussi le père a connaissance.
Ignorant tout, un cher oncle, Titan,
Croit que Saturne a contre lui son plan,
Du ciel le chasse, et plus encor, l'enferme ;
C'est le moment, Jupiter, d'être ferme !
Titan vaincu, Saturne est délivré,
Et dans ses droits à l'instant est rentré.
Mais le destin avait instruit ce père
Que son bon fils régnerait sur la terre ;
Saturne alors se tournant contre lui,
Le Latium reste son seul appui,
Et de Jupin l'empire ainsi se fonde ;
Le voilà donc le souverain du monde !

Il se marie avec sa sœur Junon,

Et songe aux parts de la succession ;

A lui le ciel, les ondes à Neptune,

Et pour Pluton les enfers ; leur fortune

Les mécontente avec les autres dieux ;

C'est la révolte et des combats honteux...

La paix enfin vient remplacer la guerre.

Lorsqu'il croyait au repos nécessaire,

Il lui fallait s'occuper des Titans ;

A Jupiter que font quelques géants ?

Il les foudroie. Après cette victoire,

On peut permettre une trêve à la gloire,

Et des amours notre Dieu fait le choix,

Avec raison, s'ils amusent un mois.

Satyre, il est possesseur d'Antiope [52] ;

Par deux enfants elle se développe.

Le cas est grave, et le père en courroux

Veut étrangler sa fille ; à de tels coups

Elle a le tact d'échapper par la fuite.

Le père meurt, l'oncle fait la poursuite ;

Atteinte, elle est mise au pain, mise à l'eau...
Mais par ses fils son sort devint plus beau :
Plus de prison, avant tout; à la chasse,
Au premier rang, Zéthus un jour se place,
Et maintenant encore d'Amphion
Pour bâtir Thèbe on redit la chanson.
Fille de roi, dans une tour captive,
A Danaé notre Jupin arrive.
Il se transforme en pluie à gouttes d'or,
Et son entrée a lieu, sans nul effort.
C'est en taureau qu'à présent il se change
Pour que de lui l'Europe [53] aussi s'arrange.
A ce spectacle un autre succéda :
Un cygne vient jouer devant Léda [54],
Toujours Jupin! quand la belle se baigne,
Il s'en faut bien que du jeu l'on se plaigne! ..
Jupiter veut ensuite Calisto,
Et le voilà Diane subito!
Mais de sa nymphe en voyant la grossesse,
C'est du courroux que montre la déesse.

Pour son nectar, à la fin, Jupiter
Prend Ganymède, un jeune homme au bel air.
Tel était donc le maître du tonnerre,
Pour le bonheur de cette pauvre terre !

XI

MARS.

Comme on l'a vu, c'est le fils de Junon,
De femme seule une production !
Flore [55] à Junon était venue à dire
Par quelle fleur elle pourrait produire,

4

Rien qu'à s'asseoir dessus ; ce qu'elle fait ,
Et Mars au monde aussitôt apparaît ,
Lui des combats l'arbitre qu'on préfère ,
Lui révéré comme dieu de la guerre !
Lorsque son cœur s'enflamma pour Cypris ,
Par le mari, Vulcain, il fut surpris ;
Son favori, mauvaise sentinelle,
Devint un coq, pour acquérir du zèle.

XII

MÉDÉE.

Magicienne, elle prit pour mentor
Jason [50] à qui revint la toison d'or ;
Elle suivit le prince en sa patrie.
Pour retarder son père et sa furie,

Elle sema devant lui les débris
Du corps d'un frère, Absyrte, son cher fils.
Lorsque Médée arrive en Thessalie,
De son beau-père elle refait la vie,
Et, pour venger Jason de Pélias [57]
Qui comptait trop sur son prochain trépas,
Elle conseille à ses filles légères
De mutiler, de livrer aux chaudières
Un tendre père, et se fait obéir :
Elles croyaient ainsi le rajeunir...
Ailleurs Jason prend Créuse [58] pour femme ;
Médée, alors, que le courroux enflamme,
Fait périr femme et père, et de sa main
Court immoler deux enfants de son sein.
A deux dragons ailés, un char ensuite
A dans les airs favorisé sa fuite.

XIII

MERCURE.

De l'éloquence et du commerce un dieu
Devint celui des voleurs de bas lieu ;
Des dieux tel fut le messager! L'ouvrage
Avec Jupin allait bien davantage ;

4

Mais de la tête et des talons ailé,

Pour la vitesse il était signalé.

Dans les enfers il conduisait les âmes,

Et puis, pouvait les arracher aux flammes ;

Pour la musique, il était très-instruit.

Les troupeaux, l'arc d'Apollon il saisit,

Sans oublier la lyre, qu'il emploie

Avec tant d'art qu'Argus [59] reste sa proie ;

Il change en pierre un grand berger, Battus ;

Mars prisonnier, grâce à lui, ne l'est plus ;

Sur le Caucase il fixe Prométhée...

Vénus était de Mercure tentée,

Hermaphrodite en naquit ; Salmacis [60]

Pour ce produit eut longtemps le cœur pris.

XIV

MINERVE.

Dans le cerveau de Jupin enfermée,
Elle en sortit de pied en cap armée ;
Son père ayant assez souffert, enfin
Reçut au front la hache de Vulcain [61].

C'était aussi Pallas, de la sagesse
Et de la guerre et des arts la déesse.
Avec Neptune elle a beaucoup lutté
Pour de Cécrops [62] baptiser la cité ;
Qui donnerait au plus beau l'existence,
Devait avoir la juste préférence ;
Pallas fit naître un olivier fleuri,
Et le trident de Neptune a pétri
Certain cheval qui passa pour Pégase.
Les dieux ont dit dans une simple phrase,
Que sur Neptune elle doit l'emporter,
Car de la paix l'olivier vient traiter.
Du nom qu'en Grèce elle eut des voix humaines
La ville donc reçut celui d'Athènes.

XV

MOMUS.

Fils du sommeil et de la nuit, ce dieu
Des gens railleurs a protégé le jeu.
Des actions des dieux et faits des hommes
Il s'occupait à bien peser les sommes,

A les reprendre en toute liberté.

Levant le masque, ainsi représenté,

Une marotte en main formait l'image.

Neptune ayant d'un taureau fait l'ouvrage,

Vulcain d'un homme et Pallas d'un réduit,

Pour le taureau mons Momus se plaignit

Qu'il eût ainsi ses deux cornes plantées ;

Plus près des yeux, ses atteintes portées

Auraient été d'un effet plus certain.

Il eût voulu, pour l'homme, autre destin,

Lui voir au cœur une étroite fenêtre,

De ses secrets les plus gros rendant maître...

Quant au réduit, il lui semblait trop grand

Pour en charger un déménagement.

XVI.

NEPTUNE.

Maître des eaux, de Jupiter ce frère
Fut préservé de la fureur d'un père ;
Près de bergers sa mère l'envoya,
Et quand, plus tard, l'enfant se déploya,

Pour sa compagne il reçut Amphitrite ;
Mais en ménage il s'ennuya bien vite,
Et s'adonnant aux folles liaisons,
Y rechercha force distractions ;
Bref, tout son temps était aux courtisanes.
Il fut chassé des célestes cabanes,
Pour s'être fait mince conspirateur,
Contre Jupin le grand dominateur.

XVII

ORPHÉE.

Fils d'Apollon et de Clio, sa lyre
Avait en elle un si puissant empire,
Que les rochers, les arbres se mouvaient,
Que dans leurs cours les fleuves s'arrêtaient,

5

Les animaux d'un naturel peu tendre,

Autour de lui s'attroupaient pour l'entendre.

Le premier jour de ses noces, la mort

Ravit sa femme à son chaste transport ;

Par un serpent Eurydice mordue

Ainsi trompait la poursuite assidue

D'un Aristée, un enfant d'Apollon.

Orphée en pleurs descendit chez Pluton,

Redemandant cette chère Eurydice.

Grâce à sa lyre, il sut trouver propice

Le puissant couple, attendrir les démons,

Mais on lui fit quelques conditions :

On lui rendait sa belle, mais sa vue,

Dans les enfers, lui restait défendue ;

Il voulut voir s'il en était suivi,

Et son bonheur aussitôt fut ravi...

Depuis ce temps, aux femmes toute haine ;

Il ne voyait que des hommes sans peine.

Il irrita les Bacchantes [63] si fort,

Qu'à leur fureur Orphée a dû la mort.

XVIII

PARIS.

Fils de Priam et d'Hécube, de Troie,
A la douleur sa mère étant en proie,
Interrogea l'oracle sur son sort :
« A son pays votre enfant fera tort... »

Pour éviter des désastres, le père
Du nouveau-né crut la mort nécessaire,
Et chargea donc du coup Archélaüs.
Noble officier, tes sens furent émus,
Tu sus tromper une peur légitime :
Au mont Ida tu portas la victime !.
Quoique Pàris soit parmi des bergers,
Nuls soins majeurs ne lui sont étrangers. .
Le front empreint d'une beauté suprême,
Il est choisi par Jupiter lui-même,
Pour mettre fin aux différends venus
Entre Junon et Minerve et Vénus,
Touchant la pomme au festin apportée
Par la Discorde, à la noce enchantée
Et de Thétis et Pélée. A leurs traits,
Leurs beaux discours, Pàris a des regrets,
Mais c'est Vénus qui mérite la pomme.
Près de Cypris si l'arrêt le renomme,
Avec Minerve ainsi qu'avec Junon,
Il ne produit que malédiction.

Pour son épouse il prit la nymphe OEnone ;

Son avenir par la docte personne

Lui fut dès lors tristement dévoilé...

Aux jeux Troyens étant toujours allé ,

Il pénétrait dans la lice où son frère ,

Hector, était son piteux adversaire ,

Sans le connaître ; on ne parlait ainsi

Que du berger ; Priam voulut aussi

L'interroger ; il connut sa naissance ,

Et sa bonté lui rendit sa puissance.

A Sparte un jour Pâris ambassadeur,

Est près d'Hélène et l'amour est vainqueur :

A Ménélas il enlève sa femme.

Les Grecs, voulant punir l'affront infâme,

Assiégent Troie , en y mettant dix ans ;

Vainqueurs , ce sont des tableaux déchirants

Pâris blessé fut porté vers OEnone

(En médecine elle passait pour bonne)

Mais tout entière à son triste abandon ,

Elle refuse alors la guérison ;

Pàris meurt donc, et sa veuve éplorée,

En se pendant, voulut être pleurée.

XIX

POLYPHÊME.

Fils de Neptune et de Nymphe, un seul œil
Au front faisait du cyclope l'orgueil.
Ulysse étant jeté par la tempête
En un pays des cyclopes conquête,

Avec les siens par Polyphème pris,

Près de moutons, dans un antre fut mis ;

Les dévorer du monstre était l'envie.

Mais en parlant, versant jusqu'à la lie,

Ulysse sait enivrer l'ennemi,

Crève son œil et non pas à demi,

Avec un pieu. Par des cris effroyables

Notre cyclope attire ses semblables ;

On veut savoir le nom de son bourreau,

Il dit : « Personne. » Avec un art nouveau,

Ulysse avait pris le nom de Personne.

Pour Polyphème, on croit qu'il déraisonne,

Chacun le laisse. Alors, sous les moutons

Ulysse fait placer ses compagnons,

Pour opérer une marche hardie,

Quand le troupeau ferait une sortie.

Ce qu'il pensait arriva ; ses soldats,

Grâce aux moutons, sortirent pas à pas.

Lorsque dehors les jugea Polyphème,

A tout hasard, d'une grosseur extrême

Il leur lança le rocher qu'aisément
On évita , puis vint l'embarquement.
Notre cyclope adora Galatée [64] ;
Du fils de Faune, Acis, plus enchantée,
Elle le perd : Polyphême à son front
Adresse encore un rocher qui le rompt.

XX

VÉNUS.

Avec Vénus terminer est aimable;
Puisse-t-elle être à l'auteur favorable!

Fille du ciel et de la terre... ou mieux,

C'est à la mer qu'elle doit ses beaux yeux.

Quoi qu'il en soit, aussitôt sa naissance,

L'Olympe dut aux Heures [65] sa présence;

Elle plut tant à ces messieurs, que tous

Se présentaient pour être son époux.

Vulcain l'emporte, à cause de sa foudre

Par qui Jupin mit les géants en poudre.

Vénus ne peut souffrir un tel mari,

Tant il est laid, et pour grand favori

Fait choix de Mars; l'Amour leur doit la vie.

De se venger Vulcain avait l'envie;

Il entoura les ardents amoureux

De ses filets, puis appela les dieux,

Dont la gaîté contre lui fut extrême.

Anchise après est celui que l'on aime;

Énée en vient, et Vulcain fait pour lui

Des armes dont il tire un sûr appui,

Alors qu'il va fonder en Italie

Un grand empire. Encore à la folie

Vénus aima le chasseur Adonis
Dont pour six mois elle avait le souris,
Et que six mois retenait Proserpine.
Cypris portait la ceinture divine
Même aux maris inspirant de l'amour...
Qu'en vain Junon voulut garder un jour

FIN.

NOTES.

[1] Thétis.

Déesse de la mer.

[2] Le Styx.

Fleuve des enfers.

3 Calchas.
Devin renommé.

4 Déidamie.
Fille de Lycomède.

5 Ulysse.
Roi d'Ithaque.

6 Agamemnon.
Roi de Mycènes.

7 Patrocle.
Prince grec, ami d'Achille.

8 Hector.
Fils de Priam, roi de Troie.

9 Polyxène.
Sœur d'Hector.

10 Pâris.
Frère de Polyxène.

11 Jupiter.
Ou Jupin, le maître des Dieux.

12 Latone,
Fille d'un Titan.

[13] Neuf muses.

La première, Clio, présidait à l'Histoire ;

La deuxième, Melpomène, à la Tragédie ;

La troisième, Thalie, à la Comédie ;

La quatrième, Euterpe, à la Musique ;

La cinquième, Terpsichore, à la Danse ;

La sixième, Erato, à la Poésie lyrique ;

La septième, Calliope, à la Poésie héroïque ;

La huitième, Uranie, à l'Astronomie ;

Et la neuvième, Polymnie, à la Rhétorique ;

[14] Le Parnasse.

Montagne de la Phocide.

[15] L'Hélicon.

Montagne de la Béotie.

[16] Le Permesse.

Fleuve.

[17] L'Hippocrène.

Fontaine que Pégase fit jaillir d'un coup de pied.

[18] Admète.

Roi d'une contrée de Thessalie.

19 Mercure.

Dieu des voleurs.

20 Neptune.

Dieu de la mer, alors en exil.

21 Sémélé.

Fille de Cadmus, roi de Thèbes.

22 Junon.

Femme de Jupiter.

23 Penthée.

Roi de Thèbes.

24 Saturne

Ou le Temps.

25 Pluton.

Dieu des enfers.

26 L'Etna.

Montagne de la Sicile.

27 Aréthuse.

Compagne de Diane, déesse de la Chasse.

28 Actéon.

Petit-fils de Cadmus.

²⁹ Calisto.

Nymphe de Diane.

³⁰ Endymion.

Berger de la Carie, province de l'Asie Mineure.

³¹ Anchise.

Prince troyen.

³² Vénus.

Ou Cypris, déesse de la Beauté.

³³ Malgré Virgile.

En disant que la reine Didon accueillit Enée à Carthage, le poëte commet un anachronisme de 300 ans.

(Complément du Dictionnaire de l'Académie, 1842.)

³⁴ Turnus.

Roi des Rutules.

³⁵ Lavinie.

Fille de Latinus, roi de Laurente, dans le Latium.

³⁶ Thésée.

Fils d'Égée, roi de l'Attique.

³⁷ Alcmène.

Femme d'Amphitryon, prince thébain.

[38] Némée.

Contrée d'Élide.

[39] Diomède.

Le second du nom; il nourrissait ses chevaux de chair humaine.

[40] Achéloüs.

Homme taureau.

[41] Hespérides.

Filles d'Hespérus.

[42] Atlas.

Géant qui avait la commission de soutenir le ciel sur ses épaules.

[43] Augias.

Roi de l'Élide; Hercule nettoya ses étables dont le fumier infectait l'air.

[44] Hésione.

Princesse phrygienne.

[45] Alceste.

Femme d'Admète.

[46] Prométhée.

Entré dans le ciel, il y vola Jupiter qui ordonna

à Mercure de l'attacher sur le mont Caucase, où un aigle dévorait son foie à mesure qu'il renaissait.

47 Omphale.

Reine de Lydie.

48 Iole.

Princesse œchalienne.

49 Philoctète.

Ami d'Hercule.

50 Samos.

Ile dans la Méditerranée.

51 Corybantes.

Ministres de Rhée.

52 Antiope.

Petite-fille de Neptune.

53 Europe.

Princesse phénicienne.

54 Léda.

Femme de Tyndare, roi d'Æbalie.

55 Flore.

Déesse des fleurs.

[56] Jason.

Prince thessalien qui dut à sa femme une toison donnant l'abondance.

[57] Pélias.

Usurpateur des États d'Eson, père de Jason.

[58] Créuse.

Princesse corinthienne.

[59] Argus.

Homme à cent yeux.

[60] Salmacis.

Nymphe.

[61] Vulcain.

Dieu du feu.

[62] Cécrops.

Fondateur des douze bourgs athéniens.

[63] Les Bacchantes.

Suivantes de Bacchus.

[64] Galatée.

Nymphe.

[65] Heures.

Déesses qui présidaient aux Saisons.

LA

GALERIE DE RUBENS

(MUSÉE DU LOUVRE),

POËME ARTISTIQUE.

LA GALERIE DE RUBENS.

PIERRE-PAUL RUBENS,
Né à Cologne en 1577, mort à Anvers en 1640.

Sous la protection du souverain du monde ,
Et tandis que Junon, une fois le seconde,
Les Parques de Marie ¹ avaient filé les jours...
Elle naît, et Lucine à Florence a recours

Pour demeurer en paix sur la jeune princesse :

Florence est un lion qui sur l'Arno se dresse.

Dans les airs, les destins répandent mille fleurs,

Marie alors apprend ses futures splendeurs :

Son génie, en tenant la corne d'abondance,

Porte les attributs des royautés en France.

Des sciences Minerve offre les éléments,

Apollon les beaux vers avec les plus doux chants ;

L'éloquence, voilà ce que Mercure donne,

Et les Grâces après montrent une couronne.

Henri quatre reçoit les traits de Médicis ;

Par l'amour et l'hymen c'est un cadeau promis.

Auprès du Béarnais apparaissant, la France

L'engage à contracter une telle alliance,

Les dieux l'approuveront. Par procuration,

Le Grand-Duc ² a conclu cette illustre union ;

La bénédiction avait été donnée

Par Aldobrandini ³. Le jour de l'hyménée

Fit voir : Jeanne d'Autriche ⁴, aux pouvoirs de Henri

Bellegarde fidèle, ainsi que Sillery,

Grâce à ses qualités, à sa rare prudence,
Le négociateur de l'auguste alliance.
Marie est à Marseille où la France, un clergé,
Après l'heureuse ville à sa place rangé,
Lui présentent le dais; elle est en compagnie
De ceux dont les seuls noms recommandent la vie.
Deux fois la Renommée annonce qu'elle vient;
Neptune, qui toujours sur les eaux la soutient,
Quand Marie en descend affermit la galère,
Que peuvent rendre encor ses sirènes si fière!
A Lyon des époux l'hymen est terminé;
La ville, sur un char de deux lions traîné,
Lève les yeux au ciel, et son regard admire
Marie avec Henri qui semblent reproduire
Junon et Jupiter. L'Hymen est avec eux,
De Vénus indiquant d'un geste gracieux
La constellation, sous qui ce mariage
De tous les cœurs zélés a recueilli l'hommage...
De pareils nœuds Louis [5] naît à Fontainebleau;
Marie, à la fortune agréable fardeau,

7

Contemple avec plaisir le fils qui change en joie
La souffrance à laquelle une mère est en proie.
La justice remet l'enfant à la santé ;
Auprès d'elles on peut voir la Fécondité
A la reine montrant sa corne d'abondance,
Et cinq autres enfants lui devant la naissance.

L'Allemagne à Henri suscite des combats,
Et la reine devra gouverner ses États ;
Le Dauphin, entouré d'un père, d'une mère,
Voudrait jouir toujours de cet instant prospère...
Plus tard, un grand spectacle illustre Saint-Denis,
C'est le couronnement que reçoit Médicis.
La reine est à genoux, de son manteau parée ;
De Gondi, de Sourdis ⁶ Marie est entourée,
Et Joyeuse ⁷ couronne un front resplendissant.
Le Dauphin et sa sœur, une timide enfant,
Sont auprès de leur mère ; en son destin propice,
Ventadour ⁸ a le sceptre, et la main de justice

Par Vendôme [9] est portée. On découvre à leur tour
Marguerite [10], Madame et des beautés de cour ;
Non loin, le prince, heureux de ces magnificences,
Puis les ambassadeurs de toutes les puissances.

Henri quatre était mort... Enlevé par le Temps,
Il entre dans l'Olympe ; en regrets éclatants
Bellone et la Victoire ont affligé la terre ;
De la rébellion l'hydre dans la poussière
Dressait encor la tête ; une reine, en ses pleurs,
Sur un trône puissant exprimait ses douleurs.
Sur la veuve ont veillé Minerve et la Prudence ;
Le pays à genoux lui donne la régence ;
Les seigneurs de la cour prononcent le serment
De la fidélité, du plus pur dévoûment.
L'Olympe est assemblé pour diriger Marie :
Jupiter et Junon, providence chérie,
Au globe de la France attellent la douceur,
Des colombes ; l'amour sera leur conducteur.

Devant eux sont la Paix et la Concorde ; en armes,
Apollon et Minerve , et Mars qu'avec des larmes
Vénus veut retenir, chassent les ennemis·
Que la félicité publique a réunis :
La Discorde , l'Envie et la Haine cruelle,
La Fraude, de la Nuit cette fille fidèle !

En Anjou, Médicis arrive au Pont-de-Cé ,
De la Force suivie ; aussitôt a cessé
La prolongation d'une guerre civile.
La Victoire couronne une valeur habile ;
La Renommée aussi, prodiguant ses bienfaits,
Se plaît à publier de semblables succès.
Un aigle dans les airs sur des oiseaux de proie
Exerce son empire ; il faut par là qu'on voie
La reine triomphant de ceux dont l'attentat
Apportait quelque entrave au bonheur de l'État.

Philippe [11] deviendra le mari d'Isabelle [12],
Louis d'Anne d'Autriche ; une reine nouvelle
A l'Espagne, à la France appartiendra bientôt.
C'est la Félicité, riche d'amours, d'en haut
Qui sur elles répand l'or en céleste pluie ;
Elles qu'une naïade, un fleuve gratifie !

Pour la régence a lui la plus belle saison ;
Sur le trône Marie offrait une leçon :
Le sceptre et la balance. Avec l'amour Minerve
Pour la reine prudente est toujours en réserve ;
Médailles et lauriers, semblables prix aussi
Sont donnés aux Beaux-Arts qui chassent sans merci
La Médisance avec l'Envie et l'Ignorance.
Le Temps, par les saisons couronné, pour la France
Ouvre le siècle d'or... A sa majorité,
Une mère à son fils remet l'autorité ;
L'État, c'est un vaisseau qu'il gouverne, que mène
Force, Religion, Foi, Justice sans peine ;

Les voiles ont encor l'appui d'autres vertus.
Grâce à la Renommée, en entier sont connus
Les actes qu'inspirait une haute prudence
A la veuve tenant en ses mains la régence.

Louis, de courtisans approuvant les exploits,
Reléguait Médicis dans le château de Blois ;
Espérant sur son fils une victoire aisée,
La captive déjà s'enfuit par la croisée ;
Minerve la confie à la fidélité
De ce duc d'Épernon, au courage indompté ;
D'autres sont encor là qui rassurent la reine
En protestations d'amitié souveraine.
Angers reçoit Marie avec deux cardinaux [13] :
L'un d'olivier l'engage à prendre les rameaux
Que Mercure présente, et c'est la paix qu'on signe,
L'autre retient son bras, de guerre c'est un signe.
La Prudence, placée auprès de Médicis,
Semble sur ses dangers lui donner des avis.

Sur des armes, amas qui n'est plus nécessaire,
La Paix anéantit le flambeau de la Guerre ;
Mercure et l'Innocence au temple font entrer
Marie, et dans ce lieu ne peuvent pénétrer,
Malgré tous leurs efforts et leur rage sans vie,
La Fraude, la Fureur que secondait l'Envie.
Médicis et Louis sont ensemble... le ciel
Entend jurer entre eux un sentiment réel ;
La Charité l'exprime en ses soins pour l'enfance,
Et le gouvernement, adopté par la France,
Suit le Courage à qui de la Rébellion
L'hydre hideuse aura dû sa destruction.
La Vérité triomphe et, du Temps soutenue,
Jusqu'au plus haut des cieux la voilà parvenue !
Là, Marie et Louis sont en paix pour toujours...
De faux avis avaient seuls troublé de beaux jours.

FIN.

NOTES.

[1] Marie.

Marie de Médicis, fille de François II, grand-duc de Toscane, née à Rome, en 1573, morte à Cologne, en 1642.

[2] Le grand-duc.

Ferdinand de Médicis, oncle de Marie.

[3] Aldobrandini.

Le cardinal Aldobrandini.

[4] Jeanne d'Autriche.

Mère de Marie. *

[5] Louis.

Louis XIII (27 septembre 1601).

[6] Gondi, Sourdis.

Deux cardinaux.

[7] Joyeuse.

Autre cardinal.

[8] Ventadour.

Le duc de Ventadour.

[9] Vendôme.

Le chevalier de Vendôme.

[10] Marguerite.

Marguerite de Valois, première femme de Henri IV.

[11] Philippe.

Philippe IV, roi d'Espagne.

[12] Isabelle.

Isabelle de Bourbon.

[13] Deux cardinaux.

De la Valette et de la Rochefoucauld.

PETIT-BOURG.

ODE.

PETIT-BOURG.

Le goût, pendant longtemps, guida ses possesseurs;
Deux habiles abbés, Cochin et Larivière,
S'occupèrent d'abord de jardins enchanteurs,
    Et la tâche est grande pour plaire.

8

En exil, Montespan habita le château;
Elle lui consacra toute sollicitude.
Après avoir brillé de l'éclat le plus beau,
    Elle y dorait sa solitude.

Son fils, le duc d'Antin, lui succède à sa mort;
Parmi les courtisans c'est lui que l'on remarque:
Et l'adresse commande aux caprices du sort,
    Lorsqu'il reçoit le grand monarque.

Après Louis, le duc obtint Pierre le Grand;
Il voulut qu'on parlât chez lui de son passage:
Toute adulation, tout luxe est en avant,
    Pour le chef d'un État sauvage.

Louis quinze prenant la forêt de Sénart,
Afin de mieux goûter le plaisir de la chasse,

À Petit-Bourg souvent reste un jour en retard ;
  Quand tant de charme l'y délasse !

La révolution qui frappa le château ,
En rendit un fermier des jeux propriétaire ;
Petit-Bourg vit après un spectacle nouveau :
  Les Prussiens conduits par la guerre !

Là, des voix décidaient du sort de l'empereur ;
On entendait d'abord les vaincus ; la colère
Animait leurs discours et poussait leur grand cœur
  Vers un dénoûment sanguinaire.

Un financier acquiert Petit-Bourg du fermier ;
Sa richesse embellit ce qui pouvait séduire ;
Puis le chemin de fer, en autre financier,
  Passe par là pour tout détruire.

Nuls regrets! Le château de sa chute est sauvé;
Voilà de tes bienfaits, ô charité publique!
Pauvres petits enfants! il vous est réservé :
    Votre bonheur est en pratique.

CHANSONS.

UNE DAME TRÈS COMME IL FAUT

à un bal très-chicard.

Air : Fouler le bitume (B. hémiens de Paris).

D'abord enchantée,
Dans l'heureux temps du carnaval,
J'étais invitée
A passer une nuit au bal ;

L'endroit où je danse

N'est qu'un endroit très comme il faut,

Et mon élégance

Là ne saurait faire défaut.

Quelle jouissance !

Avoir de semblables moments,

C'est de l'existence

Un des plus charmants

Agréments ;

C'est de l'existence   (*bis*)

Un des plus charmants

Agréments ;

C'est l'existence   (*bis*)

Avec ses charmants

Agréments.

Lentement j'arrive

Avec mes deux beaux cavaliers ;

Ma surprise est vive,

Car nous sommes les trois premiers.

    Deux heures d'attente,

Pour voir rien que des *travestis !*

    Leur cohue augmente,

Et, grand saint Musard, que de cris !

    Quelle jouissance, etc.

    Il faut que je danse,

Puisqu'enfin je suis dans un bal ;

    Un Indien s'avance,

Celui-là paraît le moins mal.

    Après des pirouettes

Et des sauts qui me font trembler,

    D'*huile de chaussettes*

Proprement il veut me parler.

    Quelle jouissance, etc.

    Je suis fatiguée

Et le souper vient à propos ;

Je reste intriguée,

Alors que j'apprends certains mots ;

Quand j'entends ces dames

Faisant répéter à l'écho

La chanson de *femmes*

Qu'a faite l'auteur de *Jocko.*

Quelle jouissance, etc.

J'ai su les mystères

De ces discours et de ces faits ;

Les trois commissaires

Afin de placer leurs billets,

Bien vite oublièrent

Qu'en personne je dus venir,

Ou bien préférèrent

M'entendre en toilette *agonir.*

Quelle jouissance, etc.

L'HOMME DE GARDE DIMANCHE PROCHAIN.

Air : Et voila comme tout s'arrange.

Pour rendre plus sûr le destin
Du prince que le ciel nous garde,
Je recevais un beau matin
Un aimable billet de garde.

J'avais quatre jours devant moi,
Et ma joie en était plus franche,
Lorsqu'au même instant j'aperçoi
Un guerrier civil tel que moi...
Voilà comm' je serai dimanche !

Il portait un shako pesant
Avec jugulaires chéries,
Et pour un sort plus séduisant
D'étouffantes buffleteries ;
Avec l'uniforme un fusil
Que l'armurier jamais n'emmanche,
Un sabre qui n'a pas le fil,
Puis un sac, ornement puéril...
Voilà comm' je serai dimanche !

A la parade, l'on cria
Contre ses immenses bévues ;

Même on dit qu'il estropia
Deux récalcitrantes recrues.
Mis des premiers en faction,
Avec sa soif que rien n'étanche,
Malgré tant de vocation,
Il tombe d'inanition...
Voilà comm' je serai dimanche !

LES SOUVENIRS

DE

TOM POUCE A PARIS.

Air : Il était un p'tit homme.

Parmi la foule immense
Qui vint me visiter,
        M'inspecter,
J'ai gardé souvenance

De vingt originaux
　Des plus beaux ;
Comme en mes jours d'or,
Je les vois encor ;
Ah ! pour moi quel trésor !
　Comme ils sont grands
　Les habitants
　　Du pays
　　De Paris !

D'abord de la noblesse
Du quartier Saint-Germain
　Et d'Antin
J'eus plus d'une largesse ;
La banque fit après
　Mon succès ;
On me désirait,
On me caressait,
Bref, on se m'arrachait.

Comme ils sont grands, etc.

Puisqu'avec mes recettes
J'obtenais un total
     Sans égal,
Je reçus les courbettes
De quatre directeurs
     Gros seigneurs;
   J'étais leur espoir,
   Et tous, pour m'avoir,
M'offraient de l'encensoir.
     Comme ils sont grands, etc.

Je livre au vaudeville,
Au confrère malin
     Mon destin,
Et du public docile
Je reçois des bravos

Des cadeaux...
Acteurs excellents,
Vous, minois piquants,
Vous n'êtes qu'assommants...
    Comme ils sont grands, etc.

Libre en mes rêveries,
Je pourrai dire aussi,
    Dieu merci,
Que dans les Tuileries
Le roi me prit la main,
    Quel destin !
Que les courtisans,
Par bonheur présents,
M'ont fait mille présents.
    Comme ils sont grands, etc.

LE DUR ET LE DOUX.

Air : Vaudeville de M. Blaise.

Même pour une chansonnette,
Ne marchant pas d'un pied trop sûr,
Je crains que l'on ne me répète :
    Ah ! comm' c'est dur !   (*bis*)

Mais aussi ma joie est extrême,
Si du censeur bravant les coups,
Mon refrain est de ceux qu'on aime ;
   Ah ! comm' c'est doux !   (*ter*)

Qu'un ivrogne pousse l'ivresse
Jusqu'à tomber au pied du mur,
Il dit, lorsque le charme cesse,
   Ah ! comm' c'est dur !
Mais que dans un festin sortable,
Après de raisonnables coups,
L'amour vienne embellir la table,
   Ah ! comm' c'est doux !

Souvent dans son humeur bizarre,
Il peut se faire qu'un futur
De son amante se sépare ;
   Ah ! comm' c'est dur !

Qu'un autre, arrivé de la veille,
Emplisse, sans être jaloux,
De cachemires sa corbeille,
   Ah ! comm' c'est doux !

Que l'on se rende à la campagne,
Afin de jouir d'un air pur,
La pluie ou le froid accompagne,
   Ah ! comm' c'est dur !
Sous le plus ravissant ombrage
Que rien n'empêche un rendez-vous,
Et puis qu'on n'y soit pas trop sage,
   Ah ! comm' c'est doux !

Si folle fut notre jeunesse,
Et si tel fut notre âge mûr,
Alors, plus d'un regret nous presse,
   Ah ! comm' c'est dur !

Rions pendant notre jeunesse,
Faisons du bien, même après nous,
Et l'on nous aimera sans cesse ;
    Ah ! comm' c'est doux !

L'HIPPODROME.

Air de la Légère.

Qu'on renomme
L'Hippodrome ;
Il mérite assez la pomme !

L'Hippodrome   (*bis*)
Est un parc
Digne de l'Arc.

Par les singes commençons,
Tant ils ressemblent à l'homme !
Deux d'abord sont braves comme
Les trois autres sont poltrons.
Des Africains c'est l'image ;
Souhaitons à nos héros,
Pour exercer leur courage,
Des ennemis moins penauds.

Qu'on renomme
L'Hippodrome, etc.

Qui nous présente ses jeux ?

La quatrième olympiade ;
De ce plaisir rétrograde
Le pouvoir est merveilleux :
Dans mainte affaire, sans cesse,
Des *Grecs* on est maltraité ;
Par leur sang-froid, leur adresse,
Ici l'on est transporté.

Qu'on renomme!
L'Hippodrome, etc.

Le steeple-chase est piquant ;
Quatre amazones jolies
(Phrase de galanteries)
Sont dans un péril charmant.
Le chapeau tombe et la robe
Ferait comme le chapeau,
Lorsque la cloche dérobe

Un spectacle bien plus beau.

    Qu'on renomme
    L'Hippodrome, etc.

Les chars au temps des Romains
Nous reportent sans disgrâce,
Et l'on répète d'Horace
Encore les vers divins.
Par une avance choisie
Si les chars nous sont rendus,
Ah! quand à la poésie
Serons-nous donc revenus!

    Qu'on renomme
    L'Hippodrome, etc.

Les Barberi, mon ami,
Vont terminer la séance;
Par eux on obtient en France
Un plaisir non à demi ;
Rome est parfaite alliée :
Après ses antiquités,
Aux Français est confiée
Une de ses raretés.

Qu'on renomme
L'Hippodrome, etc.

FIN.

TABLE.

	Pages.
A Madame ⁣⁣⁣...	5
Les Lions et les Lionnes	7
Notes.	61
La Galerie de Rubens	69

	Pages.
Notes.	80
Petit-Bourg.	85
Une Dame très comme il faut.	91
L'Homme de garde.	95
Les Souvenirs de Tom Pouce.	98
Le Dur et le Doux.	102
L'Hippodrome.	106

FIN DE LA TABLE.

Paris. — Imp. Schneider et Langrand, rue d'Erfurth, 1.

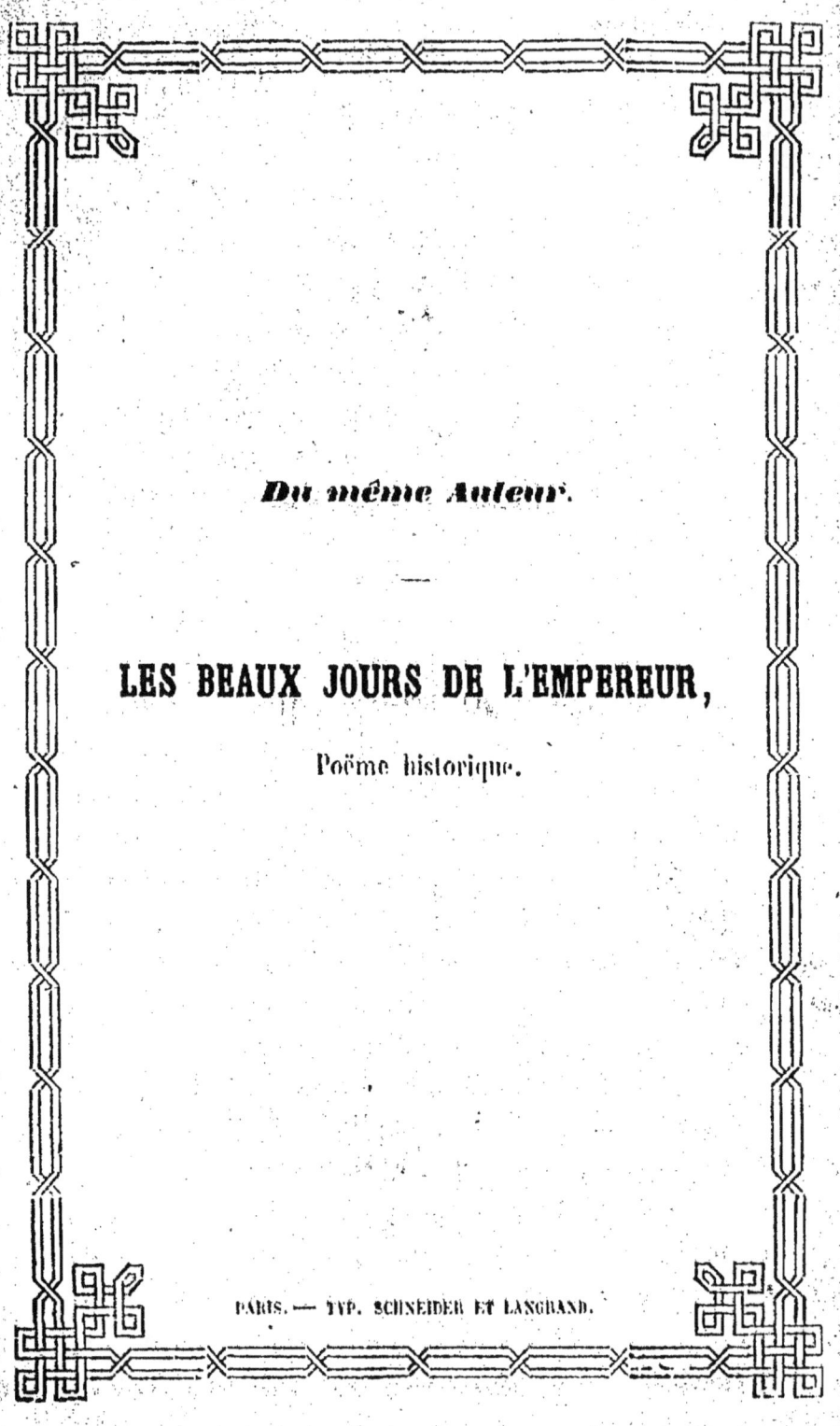

Du même Auteur.

LES BEAUX JOURS DE L'EMPEREUR,

Poëme historique.

PARIS. — TYP. SCHNEIDER ET LANGRAND.

www.ingramcontent.com/pod-product-compliance
Lightning Source LLC
Chambersburg PA
CBHW060838250626
47162CB00005B/2102